SPA C.1
J

D1055005

E.
V

HAGAMOS COMO SI ESTO NUNCA HUBIERA PASADO

No te pierdas el siguiente diario de Jamie Kelly

#2 MIS PANTALONES ESTÁN EMBRUJADOS

¡Muy pronto!

Historias de Jim Benton de la Escuela
Secundaria Mackerel

QUERIDO DIARIO TONTO:

HAGAMOS COMO SI ESTO NUNCA HUBIERA PASADO

POR JAMIE KELLY

SCHOLASTIC INC.

New York   Toronto   London   Auckland   Sydney
Mexico City   New Delhi   Hong Kong   Buenos Aires

Originally published in English as
Dear Dumb Diary, Let's Pretend This Never Happened

Translated by Aurora Hernandez

If you purchased this book without a cover, you should be aware that
this book is stolen property. It was reported as "unsold and destroyed"
to the publisher, and neither the author nor the publisher has
received any payment for this "stripped book."

No part of this publication may be reproduced, stored in a retrieval system,
or transmitted in any form or by any means, electronic, mechanical,
photocopying, recording, or otherwise, without written permission of the
publisher. For information regarding permission, write to Scholastic Inc.,
Attention: Permissions Department, 557 Broadway, New York, NY 10012.

ISBN-13: 978-0-439-78374-3
ISBN-10: 0-439-78374-7

Copyright © 2004 by Jim Benton
Translation copyright © 2005 by Scholastic Inc.
All rights reserved. Published by Scholastic Inc. SCHOLASTIC,
SCHOLASTIC EN ESPAÑOL, and associated logos are
trademarks and/or registered trademarks of Scholastic Inc.

12 11 10 9 8 7 6 5 4   8 9 10/0

Printed in the U.S.A.

First Spanish printing, September 2005

*A todo el mundo que está,
estará o estuvo alguna vez en
la escuela secundaria.*

Un agradecimiento especial a: Craig Walker, Steve Scott, Susan Jeffers Casel y Shannon Penney.

Y sobre todo a la editora Maria Barbo, que sabe cómo moverse en la escuela secundaria.

ESTE DIARIO ES PROPIEDAD DE

Jamie Kelly

ESCUELA: ESCUELA SECUNDARIA DE MACKEREL

CASILLERO: 101

MEJOR AMIGA: Isabella

MASCOTA: Stinker que es de raza beagle

COLOR DE OJOS: Verde

COLOR DE PELO: ~~castaño~~ Rubio acastañado con tonalidades castañas

¡AVISO!

NO SIGAN LEYENDO

La
última
persoNA
que
siguió
leyendo →

ESTE DIARIO NO
ES TUYO

YO LO SÉ

Querido Quiensea que esté leyendo
mi Diario Tonto:

¿Crees que puedes leer el diario de
otra persona? Si te dije que podías, está
bien. Pero si eres Angelina, NO te di permiso,
así que para ya.

Si son mis padres, YA LO SÉ, no puedo
llamar a las personas lerdas ni boconas ni
rebobas ni boñigas ni nada de eso, pero
esto es un diario, y yo en realidad no las he
"llamado" nada. Yo lo he *escrito*. Y si me
castigan por eso, entonces sabré que
estuvieron leyendo mi diario, para lo cual no
les di permiso.

Ahora, por los poderes que tengo
otorgados, prometo que todo lo que hay en
este diario es cierto, o por lo menos, hasta
donde se puede.

Firmado,

Jamie Kelly

P.D.: Angelina, si eres tú la que está leyendo esto, entonces ¡JA, JA! ¡Te pillé! Porque lo escribí con una tinta especial venenosa en un papel especial venenoso, así que más te vale salir corriendo y llamar a la ambulancia ¡ahora mismo!

P.P.D.: Hudson, si eres tú el que está leyendo esto, tengo un antídoto para el veneno que puedes conseguir fácilmente con tan solo llamar a mi casa. Pero si contestan el teléfono mis padres, no les comentes lo del veneno. Creo que no les gusta mucho eso de que ande envenenando a la gente.

Aquí los vemos DemostRAR
que se oPonen Al envenenAmiento

Lunes 2

Querido Diario Tonto:

Esta tarde, estuve afuera jugando con mi perro, Stinker, y jugábamos a eso de pretender que vas a lanzar la pelota y entonces no la lanzas y Stinker empieza a correr hasta que se da cuenta de que en realidad no la lanzaste. Normalmente eso lo hago dos o tres veces, pero hoy debía de estar pensando en otras cosas porque me di cuenta de que no había lanzado la pelota después de pretender que lo había hecho unas ciento cuarenta veces. Stinker estaba un poco bizco y le salía espuma por la boca y no quiso entrar en la casa durante un rato muy largo.

Me pregunto si los perros son vengativos.

Espuma de frustración

Martes 3

Querido Diario Tonto:

Creo que hoy casi me ponen un apodo, que es casi lo peor que te puede pasar en la escuela secundaria. Estaba comiendo un durazno a la hora del almuerzo cuando salió otro durazno de mi bolsa y se cayó al piso, y Mike Pinsetti, que solo respira por la boca, estaba ahí mismo y dijo: "¡Oye, Niña Durazno!".

Él es prácticamente el apodador oficial de la escuela, y los apodos de Pinsetti, aunque sean ridículos, se suelen quedar. (¿No me crees, Diario? Pues pregúntaselo a "Bruto Bruttlington", que fue uno de los primeros apodos que puso Pinsetti. Yo ni siquiera sé su nombre de verdad. Nadie lo sabe. Lo llamamos Bruto Bruttlington desde hace tanto tiempo que una vez su mamá también lo llamó Bruto accidentalmente al dejarlo en la escuela. "Adiós, Bruto Bruttlington", le dijo. Entonces se dio cuenta de lo que había hecho y lo intentó arreglar con un: "Estamos orgullosos de ti").

UN SEGUNDO ANTES de
que te PONGAN UN APODO

UN SEGUNDO después de
que te PONEN UN APODO

Volviendo a la historia de mi durazno. Atrapé la fruta asesina rápidamente. Creí que nadie había oído a Pinsetti, lo que habría cancelado el apodo. Pero entonces, por detrás de mí empecé a oír el sonido musical adorable de una risa que sonaba como si alguien le estuviera haciendo cosquillas a un bebé. Cuando me di la vuelta, a quién vi si no a Angelina, que probablemente estaba haciendo un esfuerzo mental y malvado por guardar el apodo en su memoria.

Ya es solo cuestión de tiempo para que empiece a firmar mis tareas como NIÑA DURAZNO.

Miércoles 4

Querido Diario Tonto:

Hoy, Hudson Rivers (el octavo chico mejor parecido de mi curso) me habló en el pasillo. Normalmente esto no tendría ningún efecto en mí, ya que todavía cabe la posibilidad de que los *Chicos bien parecidos del uno al siete* aún me hablen algún día. Pero hoy, cuando Hudson me dijo "Hola", me di cuenta de que estaba locamente enamorado de mí y sentí la obligación de ser irresistible.

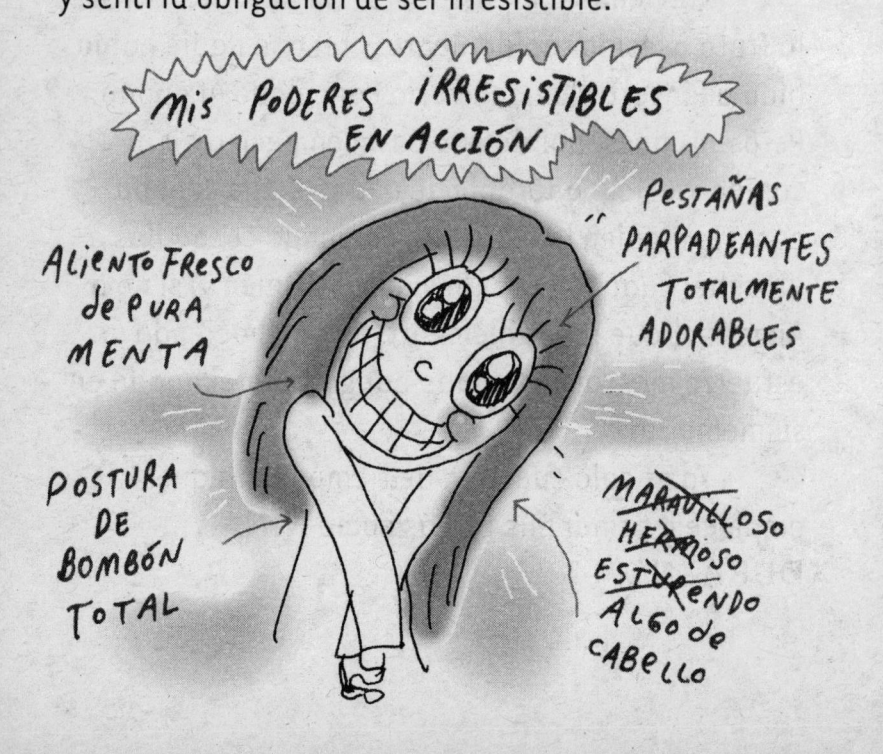

MIS PODERES IRRESISTIBLES EN ACCIÓN

PESTAÑAS PARPADEANTES TOTALMENTE ADORABLES

ALIENTO FRESCO de PURA MENTA

POSTURA DE BOMBÓN TOTAL

MARAVILLOSO HERMOSO ESTUPENDO ALGO de CABELLO

Y cuando estaba a punto de responderle algo ingenioso a Hudson (a lo mejor algo REALMENTE ingenioso, nunca lo sabremos con seguridad), aparece Angelina por la esquina con los tropecientosmil colgantes monísimos que cuelgan de su mochila, y se pone toda mona JUSTO DELANTE DE SUS NARICES. Este comportamiento de escorpión hizo que me olvidara de lo que iba a decir, así que lo único que salió de mi boca fue un poco de aire sin palabras. No es que esto importe mucho, porque él estaba mirando a Angelina de la misma manera que Stinker miraba la pelota hace un par de días.

STINKER   HUDSON

Era bastante evidente que su amor por mí se le escapaba por las orejas y se caía al piso. Si no me crees, pregúntaselo a Isabella, que estaba allí mismo.

Y como si esto no fuera suficientemente horrible, él le pregunta a Angelina: "Oye, ¿eso que huelo es tu pintalabios? ¿ChocoMint? Es fantástico".

Angelina se para durante unos segundos, **NOS MIRA A ISABELLA Y A MÍ** y luego le dice a Hudson: "Sí, es mi pintalabios". Y lo deja petrificado allí mismo con su radiante sonrisa.

Francamente, creo que es de mala educación e indecente tener los dientes tan blancos que puedan causarle **DAÑO PERMANENTE** a los ojos que los miran.

¡¡AAAAAA AGH!!

Chhhssss

RAYOS NOCIVOS POR SU BLANCURA

(Si por alguna razón mis hijos están leyendo esto dentro de unos años, que sepan que este fue el momento en que Angelina les robó a su padre, Hudson, y por su culpa ahora se apellidan Rumpelstiltskin o Schwarzenegger or Bruttlington).

Bebé muy triste cuando se entera de que le robaron a su PADRE

DIARO TONTO

Es culpa de ANGELINA

Este es el problema: Isabella es la *ÚNICA* chica en toda la escuela que usa el pintalabios ChocoMint. Es el sabor más asqueroso que existe, pero ella *tenía* que tener su propio pintalabios con sabor, y por eso empezó a usar el que nadie quería. Todas las chicas saben que es suyo. Hasta Angelina lo sabe.

Así que Diario Tonto, veamos de nuevo la escena en cámara lenta: de pronto, en un movimiento rápido, Angelina me roba mi futura cita/novio/marido e Isabella pierde su pintalabios personal. (Isabella preferiría llevar la gigantesca ropa interior de su abuela a la escuela a que alguien piense que está copiando a Angelina).

MISTERIOS DE LA NATURALEZA

TRASERO DE Isabella TAMAÑO HUMANO

TRASERO DE LA ABUELA DE ISABELLA TAMAÑO CABALLO

Supongo que podía haber dicho algo, pero sabía que Angelina tenía lo de "Niña Durazno" cargado en su Malévola Arma Secreta Imaginaria y podía dispararme ahí mismo, enfrente de Hudson.

Me sentía impotente.

Por supuesto, Diario Tonto, entenderás que estoy **DESTROZADA**. Porque puede que no aprecies el impacto que este suceso tan escandaloso va a tener en Isabella. Ella es **EXTREMADAMENTE** sensible a los olores y no está preparada para cambiar sus aromas. Preveo un doloroso futuro de labios agrietados.

También creo, Diario Tonto, que Angelina es tan perfecta que la palabra "perfecta" seguramente no es lo suficientemente perfecta para ella. Un día tendrán que inventar otra palabra para ella, y cuando lo hagan, espero que rime con vómito o boñiga, porque si lo hacen, creo que tengo una buena idea para una canción.

PRINCESA
BOÑIGA
de
BOÑIGOLANDIA

Miércoles, edición nocturna

Querido Diario Tonto,

Hoy, a la hora de la cena, mamá anunció que iba a cuidar a mi primo pequeño en unos días. Él es el hijo de la hija del hermano de mi tía, o algo así.

Ya sé que los hijos de tus tíos son tus primos, pero hay primos primeros, primos segundos y primos retirados. ¿Que qué quiere decir eso de primos retirados?

Es como la verruga que me retiraron una vez.

primo
retirado

verruga
retirada

Y además, Diario Tonto, para ponerte al día del último Crimen Alimenticio de mamá, anoche hizo un guiso con 147 ingredientes, y aun así estaba malísimo. Es difícil creer que de los 147 ingredientes ninguno supiera bien.

Por supuesto, me lo comí de todas formas. Si no comes, mamá te suelta el discurso de que ha trabajado mucho y de que a los niños de Quiensabedonde les encantaría su guiso.

Yo creo que los niños de Quiensabedonde ya tienen suficientes problemas como para que además les tiren los guisos de mamá encima.

Jueves 5

Querido Diario Tonto:

Por culpa de Angelina, que cree que es la chica más maravillosa del mundo pero probablemente no está ni entre las cinco primeras, hoy tuve que comprar mi almuerzo en la escuela. No podía arriesgarme a que mamá metiera un durazno en mi bolsa y que cuando yo lo estuviera tirando secretamente a la basura, Pinsetti o Angelina me vieran y lo convirtieran en el acontecimiento perfecto para ponerme un apodo. Entonces tendría que escaparme de casa.

Y para probar que todo el Universo está del lado de la malvada Angelina, en la cafetería era Día de Pastel de Carne. El jueves siempre es el Día de Pastel de Carne. La encargada de la cafetería, la Srta. Bruntford, se ofende mucho si no te acabas la comida. Y nos regaña muchísimo, sobre todo cuando no nos comemos el grasiento pastel de carne.

Aprecien el parecido sobrenatural entre Bruntford y el pastel de carne

La Srta. Bruntford diría, "¿Qué le pasa al pastel de carne?", y su papada gigantesca empezaría a moverse de un lado a otro. Ella tiene uno de esos cuellos gordos y blandos que parecen el merengue que se pone encima de un pastel de merengue.

Así que no me quedó otro remedio que comer parte del pastel de carne, que huele a gato mojado, y cómo no, todo por culpa de Angelina.

PINCHAR

UNa vez, un chico tocó el cuello blandito y los médicos le diAgnosticARon que estaba médicamente ASqueado.

Viernes 6

Querido Diario Tonto:

No sé si alguna vez te he hablado de Angelina, pero ella es esta chica de mi escuela que es hermosa y popular y tiene el pelo del color del oro hilado, si es que a alguien le gusta ese color.

Isabella y yo estábamos hoy en el pasillo, cuando Isabella tuvo la absurda ocurrencia de intentar entablar una conversación con Angelina cuando pasaba por delante, lo que es un disparate, porque Angelina es como un "9" en la lista de popularidad mientras que Isabella es un "5" inconstante. (Y cuando los labios de Isabella empiecen a padecer la falta de pintalabios, quién sabe qué tan bajo llegará en la escala).

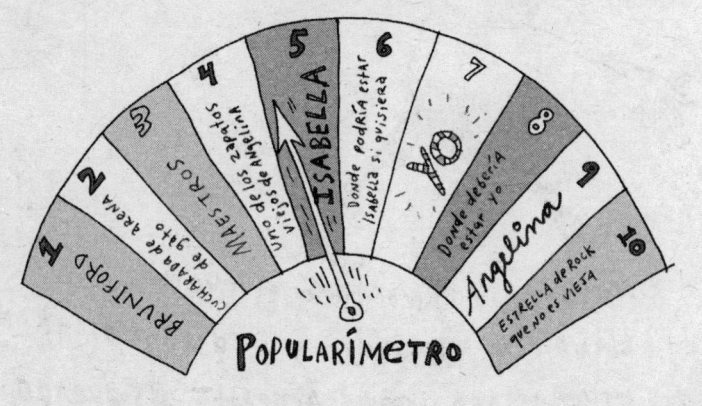

En cualquier caso, Angelina mira a Isabella como si fuera algo raro y asqueroso, como la parte de dentro de la nariz, y sigue su camino sin decir una palabra.

ISABELLA

Diario, ¿alguna vez conociste a alguien como Angelina? Es como si, por ejemplo, en la tienda donde te compré, hubiera habido otro diario mucho más caro que se hubiera creído muy lindo y caminara por toda la tienda como si tuviera un lápiz pegado al lomo.

Francamente, querido Diario Tonto, si HUBIERA un diario como Angelina en la tienda, y tú me lo dijeras, yo iría directo a la tienda y lo compraría y usaría sus páginas para recoger el ya sabes qué que Stinker hace cuando lo saco a pasear. Pero también te recordaría que tienes que ser feliz como eres, porque eres hermoso y, sobre todo, que tienes que estar contento con tu cabello, aunque tú no tengas cabello. Pero imagínate que tuvieras y que fuera espantoso.

OTRA BUENA IDEA

CABRA COMIENDO DIARIO ENGREÍDO

Isabella me contó luego que creía que podía convencer a Angelina de que dejara de usar el ChocoMint. Isabella es una buena chica y me gusta mucho, pero si su cerebro estuviera hecho de bananas, déjame decirte que habría muchos monos flacos husmeando por dentro del cráneo de Isabella.

Mono de Einstein   Mono de Isabella

¿EL MONO QUE HAY EN TU CEREBRO TIENE EL ASPECTO ESPANTOSO QUE DEBERÍA TENER EN BIKINI?

P.D.: Noticias de los apodos: Nadie me ha llamado Niña Durazno... *TODAVÍA*. Angelina debe de estar esperando el momento adecuado para atacarme. Es un **HECHO CIENTÍFICO** que las chicas que son bellas y puras por fuera, por dentro son pura maldad.

Angelina probablemente esté esperando el momento perfecto para desvelar al mundo el apodo de Niña Durazno.

su verdadera personalidad

Sábado 7

Querido Diario Tonto:

De acuerdo, está bien, ya sé que ayer escribí que tenías que ser feliz con tu cabello. A lo mejor estaba intentando tener una mentalidad abierta y aceptar a la gente con el cabello rubio perfecto, o a lo mejor estaba intentando ser una científica o algo así, pero hoy decidí comprar uno de esos aditamentos para teñir el pelo en casa. (Probablemente no te diste cuenta, Diario Tonto, pero lo cierto es que tengo algunos problemas con mi cabello).

Elegí uno que se parecía al color de pelo de Angelina que se llama Rayo Solar Glorioso. No pretendía copiar a Angelina. Solo dio la casualidad de que fue el primero que encontré en la cuarta tienda a la que fui.

Tendría que haberle pedido a Isabella que me ayudara a teñirme el pelo, pero no quería que me echara un sermón sobre la aceptación personal mientras yo tenía que pretender que no me daba cuenta de que sus labios sufrían un caso avanzado de lo que los médicos llaman "labios de lagarto".

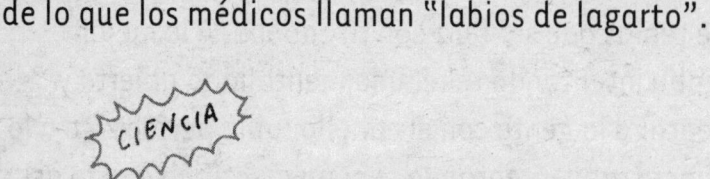

CIENCIA

HISTORIAL MÉDICO DE LOS LABIOS DE LAGARTO

FASE 1

fase 2

FASE 3

FASE 4
(30 días más tarde)

(Por cierto, las fotos de todas esas chicas sonriendo en las cajas de tinte de cabello son mentira, porque cuando terminas, en realidad te quieres morir).

Lo que debía parecerse a un rayo solar glorioso, acabó siendo del mismo color que el pollo crudo. Me podía haber escondido en la sección de pollos del supermercado y nadie me habría visto.

Así que ahora tengo que volver a la tienda y comprar el tinte para volver a tener mi color original antes de que Isabella y mamá me vean y me suelten el rollo de no quererte a ti misma.

Saqué del cepillo mis pelos viejos para llevarlos a la tienda y buscar el color, y no se me ocurrió que hacerlo fuera asqueroso hasta que vi la reacción del vendedor cuando le di los pelos. Afortunadamente, en la tienda tenían el tono perfecto, me lo llevé a casa y me volví a teñir el cabello de mi color natural.

Por cierto, ¿recuerdas que el color del pelo de Angelina se llamaba Rayo Solar Glorioso? Pues la gente de la compañía de tintes decidió llamar al mío Color Marmota.

Domingo 8

Querido Diario Tonto:

Hoy Isabella vino demasiado temprano (no sabes cuánto me alegré de que mi cabello volviera a tener el color con el que la naturaleza lo ha castigado).

De hecho, vino tan temprano que llegó a ver a mi papá con su horrible bata de cuadros que Isabella dice que parece que se la robó a un zombi indigente, pero yo creo que es *mucho peor* que eso.

En cualquier caso, Isabella acaba de hacer una escala de perdedores que identifica lo perdedor que es alguien, y por lo tanto es una escala muy útil para medir perdedores.

Isabella dice que así empezó el sistema métrico decimal: alguien como ella se despertó un día y decidió que un litro era un litro y muy pronto, todos estuvieron de acuerdo (aunque nadie sabía cuánto era en realidad un litro).

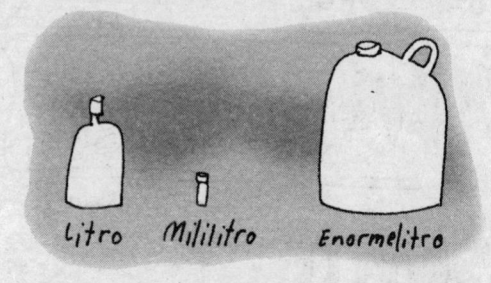

Litro   Mililitro   Enormelitro

Seguramente Isabella terminará siendo una profesora de ciencias populares.

Aquí está el Sistema métrico de perdedores de Isabella:

ESCALA DE PERDEDORES
de ISABELLA
DE MALO A PEOR

BOBIN — PARCIALMENTE APESTOSO

BOCÓN — RUIDOSO Y LERDO.

REBOCÓN — SALPICA AL HABLAR, MIENTE, RETORCIDO.

BOÑIGA — MALO Y CABEZÓN. GUSTOS EXTRAÑOS PARA LOS ZAPATOS.

ASQUERRUBIA — LADRONA DE PINTALABIOS CON SABOR. SEGURAMENTE DESCONOCE EL JABÓN.

REPUGNANTE — IRRITANTE AL MÁXIMO. FUTURO CANÍBAL. ROPA ESPANTOSA.

Domingo 8 (noticias de última hora)

Querido Diario Tonto:

Cuando Isabella terminó de hacerme estudiar su sistema de perdedores, la convencí de que fuéramos a comprarle un nuevo pintalabios con sabor. (Ella no quería ir, pero la obligué. Esta *presión* delicada es parte del proceso doloroso que deben atravesar las personas que han perdido algo amado, como el sabor ChocoMint).

Aunque Isabella me hizo esperar una eternidad mientras rechazaba unos cuarenta tratamientos labiales estupendos, al final le tuve que decir que el pintalabios gigantesco que había elegido era en realidad un desodorante de bola.

Así que todo mi esfuerzo fue en vano, pero no hay nada que hacer: Una amiga de verdad les dice a sus amigas que se están poniendo desodorante en la boca.

más asqueroso de lo que parece

Lunes 9

Querido Diario Tonto:

Hoy la escuela no estuvo mal. En realidad, estuvo *bastante bien*. A Angelina se le enganchó su maravilloso y largo cabello en una de las tropecientasmil cosas que lleva colgando de la mochila, y la enfermera, que ahora es una de mis héroes preferidas, agarró unas tijeras y le cortó medio metro de su cabello rubio y sedoso del lado izquierdo de la cabeza, así que ahora Angelina solo es *la chica más maravillosa del mundo* si te pones en su lado derecho. (Aunque personalmente, creo que se vería mejor si me pusiera encima de su cuello).

SNIP

JA JA

Además, en la clase me pidieron que hiciera una redacción sobre la mitología. Le pregunté al profesor, el Sr. Evans, qué quería decir exactamente "mitología", y me dijo que era el estudio de las cosas que no existen. Le pregunté si podría incluir el cabello del lado izquierdo de la cabeza de Angelina, lo que hizo que todos se rieran, menos el Sr. Evans y Angelina.

El Sr. Evans dijo que tendría que sacar un 10 en mi redacción sobre la mitología o que de lo contrario mis notas se iban a convertir en ceros, como las burbujas de las sirenas.

Vaya gracia, ¿no? Espero que le crezca un cabello maravilloso, rubio y sedoso en su calvorota brillante para que la enfermera también se lo corte.

Martes 10

Querido Diario Tonto:

¡Debo de ser rarísima!

Hoy tuve que ir a la enfermería porque creo que mamá me envenenó accidentalmente con esa especie de fideos que tomamos ayer en la cena que sabían a lo que huelen los calcetines mojados.

Esperaba que la enfermera me diera una medicina o algo así, pero no podía. Me dijo que descansara en la camilla durante un rato. Seguramente le enseñaron a desenvenenar a la gente de esta manera.

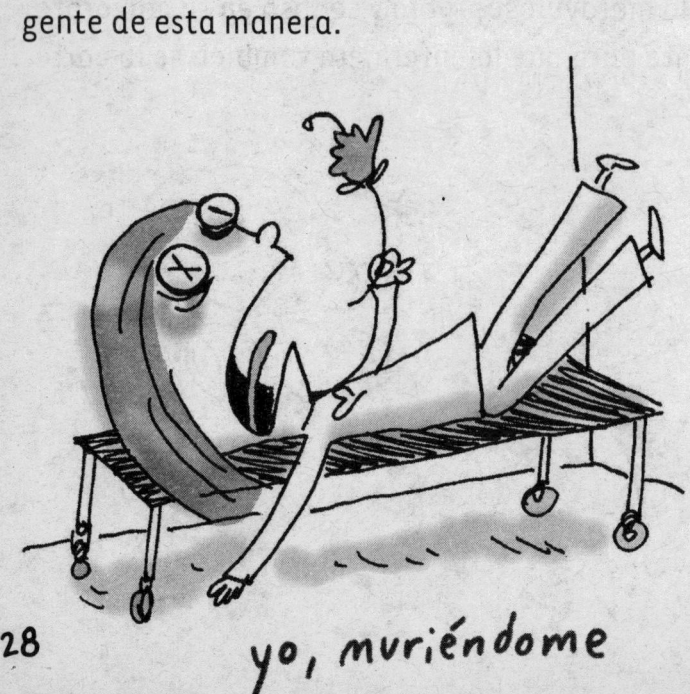

yo, muriéndome

Por supuesto, como era muy aburrido estar allí intentando no estar envenenada, me puse a mirar a mi alrededor. Y fue entonces cuando vi algo en la basura: un gran mechón de cabello rubio y precioso. El cabello de Angelina.

Y aquí va lo raro: lo agarré. No sé por qué, porque ni siquiera sé hacer vudú ni nada de eso.

En fin.

El caso es que lo quería.

yo, escapando con el mechón

Y por si te preocupaba, Diario Tonto, resulta que al final no estaba envenenada. La enfermera dijo que seguramente tenía algo de "dispepsia", que parece ser un término médico para decir que tenía tal cantidad de gas que podría asfixiar a un caballo.

Miércoles 11

Querido Diario Tonto:

Hoy intenté hacer algo con el cabello de Angelina. No hay suficiente como para hacer una peluca. Pensé plantarlo para ver si crecía y crecía hasta que al final creciera una cabeza de Angelina. Pero me dio miedo de que fuera incluso más bella que la primera cabeza, así que me olvidé de esa idea.

Supongo que de momento me lo quedaré como si fuera un trofeo, como cuando pones la cabeza de un alce en la pared, solo que en este caso no tengo más que un mechón del alce.

Hablando de la cabeza de Angelina, hoy se presentó en la escuela con un *beret* para cubrir su calva. (*Beret* quiere decir en francés sombrero ridículo). Nadie podía creer lo ridícula que estaba. Seguro que con esto se acaba su historia con Hudson.

Jueves 12

Querido Diario Tonto:

Hoy, prácticamente la mitad de la escuela llevaba *berets* (¡incluido **Hudson**!). Es como si todos hubieran tenido *berets* en sus casas y estuvieran esperando la señal de Angelina para empezar a ponérselos. No lo entiendo. ¿Qué pasaría si Angelina se pusiera su ropa interior en la cabeza? Creo que sé *exactamente* lo que pasaría. La mitad de la escuela iría por ahí mirando a través de los agujeros de sus calzones.

TONTA   Bufón   medio-boba

Hay dos cosas que realmente me molestan de todo esto:

1) A la gente solo le gusta Angelina porque es realmente maravillosa, lista e inteligente.

2) Yo no tengo un *beret*.

Hoy era otra vez el Día de Pastel de Carne, como todos los jueves. La encargada de la cafetería, la Srta. Bruntford, insistió (otra vez) en que había que terminar la comida, pero todos los chicos que llevaban *beret* se habían aliado, algo así como la Resistencia Francesa, y la ignoraron. Esto hizo que se enojara más todavía, y noté que su cuello blando se movía furiosamente hacia Angelina, como si supiera que la culpa de los *berets* era suya.

Noticias sobre el crimen alimenticio:

Mamá hizo algo para la cena que estaba tan malo que decidí no escuchar el sermón de Quiensabedonde y, sin que me viera, se lo di a Stinker, mi perro. Stinker le dio un mordisco y entonces, para quitarse el sabor de la boca, salió corriendo a comerse la mitad de la arena del gato.

Ahora tengo miedo de Stinker porque creo que me culpa de lo enfermo que se puso después, aunque toda la culpa la tenga mamá, y si planea morder el cuello de alguien mientras duerme, ese cuello no debería ser el mío. (Diario Tonto, mientras escribo, voy diciendo esto en voz alta para que Stinker me oiga).

(perro vengativo

Viernes 13

Querido Diario Tonto:

Solo falta una semana para que venga mi primo, y mamá y papá están en **ALERTA CONTINUA.** No paran de poner cerraduras de seguridad indestructibles en todos los armarios donde guardamos los productos de limpieza.

Si no queremos que los niños pequeños se los coman, ¿no sería más fácil hacer estos productos con sabor a espinacas?

Sábado 14

Querido Diario Tonto:

Supongo que debería hacer algo para la redacción sobre la mitología de la clase del Sr. Evans.

Miré en Internet y leí sobre Medusa, a la que le crecían serpientes venenosas en la cabeza, y que se hubiera muerto de envidia de cualquier chica que tuviera pelo, aunque fuera de color marmota.

Tengo unos cuantos consejos para las personas que tienen pelo de serpiente venenosa: Coletas. Flequillo. Algo.

Antes de la transformación

Recogido como PARA FiESTA

TRENZAS

MELENA GLAMOROSA

También leí sobre Ícaro, que se hizo unas alas con cera y luego voló tan cerca del sol que se derritieron. La moraleja es: si Ícaro hubiera nacido para volar, se habría hecho azafato, como mi primo Terrence.

¿Sabías, Diario Tonto, que en la mitología se habla de trols y gigantes y peces parlantes, porque no fueron los griegos y los romanos los únicos que tenían mitología? Los antiguos de todo el mundo tenían mitología, que debe ser muy interesante para alguien en algún sitio.

EL problemA de LoS CícloPES

es encontRAR Lentes de sol A La Moda

Sábado 14 (noticias de última hora)

Querido Diario Tonto:

Isabella y yo íbamos paseando esta tarde cuando por casualidad nos desviamos medio kilómetro de nuestro camino y fuimos a parar *de casualidad* en la calle Derby, que de casualidad está muy cerca de donde vive exactamente Hudson.

Isabella dijo que pasear así, por delante de su casa, era como espiar, pero le dije que no era verdad, porque los que espían están locos y nosotras estábamos lo suficientemente cuerdas como para llevar disfraces.

La idea de los disfraces al final resultó ser muy buena porque justo cuando pasamos por delante, Hudson se asomaba a la ventana, lo que asustó a

disfraces discretos

Isabella, que salió corriendo, no sin antes empujarme y tirarme al césped.

La alcancé seis cuadras más allá. Se disculpó diciendo que seguramente me había empujado por instinto, como si la estuviera persiguiendo un oso. Como era por eso, la perdoné.

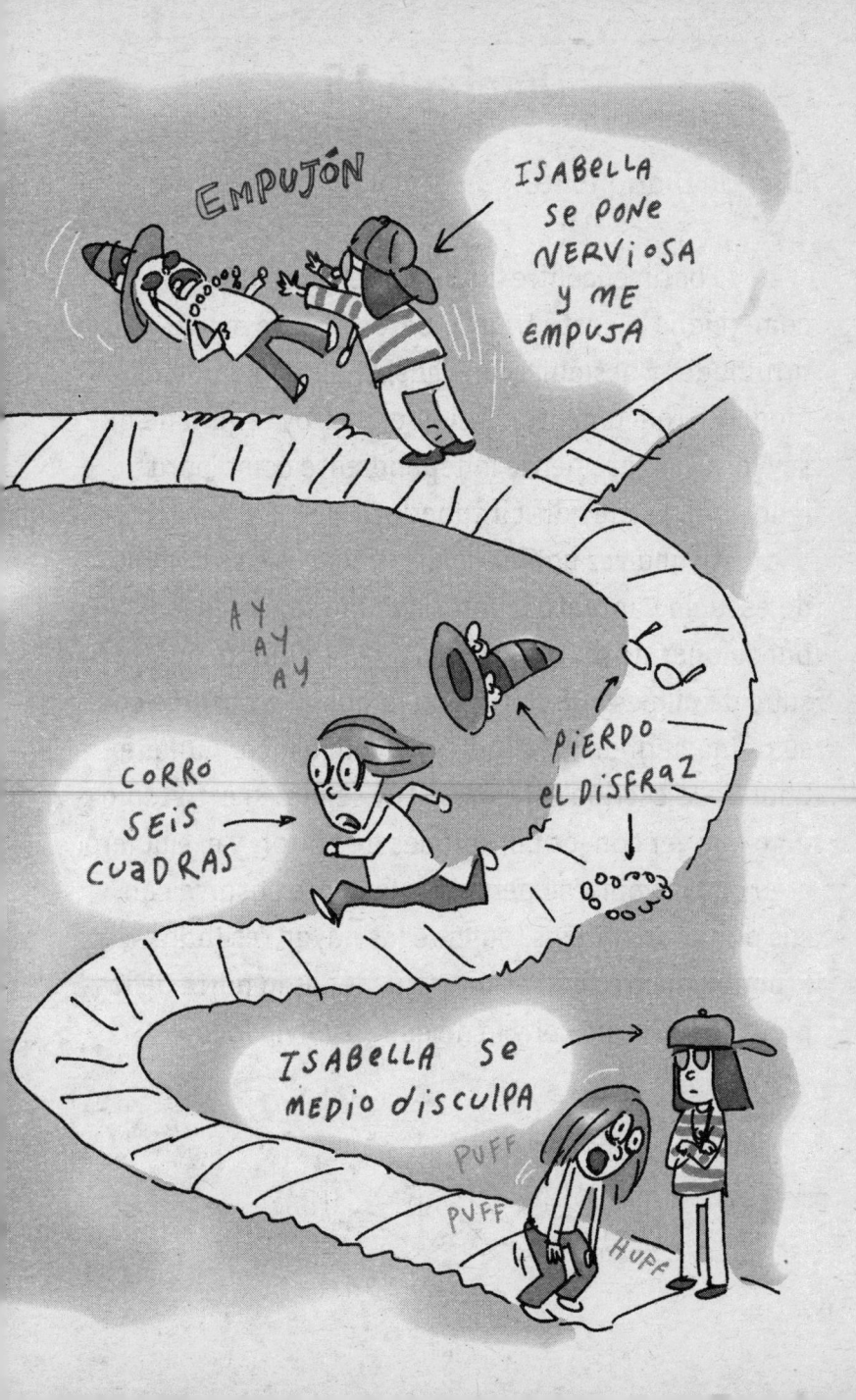

Domingo 15

Querido Diario Tonto:

Por fin encontré un *beret* en el centro comercial. Me costó treinta pesos, lo que me deja arruinada, y ni siquiera me gusta, pero la moda es la moda y, francamente, ni siquiera estoy segura de que soy lo suficientemente independiente como para ignorarla. Es muy difícil saberlo.

Oí una vez hablar de una chica que se cambió de escuela e intentó ignorar una moda, como los pantalones de pintor o algo así. Lo siguiente que se supo de ella es que su familia la obligó a casarse con su primo hermano retirado y se volvió loca. Aunque, ahora que escribo esto, no estoy segura si esto tenía algo que ver con los pantalones de pintor, y ni siquiera creo que el gobierno permite a la gente casarse con sus primos hermanos, aunque los hayan retirado. Probablemente todo es mentira menos la parte de los pantalones de pintor y lo de que se volvió loca.

YO, LOCA

En cualquier caso, estoy cansada y es hora de dormir. Voy a intentar forzarme a soñar que un sapo gigante se traga a Angelina y luego al sapo se lo come un cerdo enorme y entonces el cerdo se convierte en el jamón que van a servir en la fiesta del cumpleaños número dieciséis de Angelina y todos se ponen enfermos, incluyendo Angelina que de alguna manera mágica sobrevive para comerse su propio jamón de sí misma.

No siempre recuerdo mis sueños, pero si sueño esto lo sabré porque me reiría tanto que me levantaría con dolor de barriga.

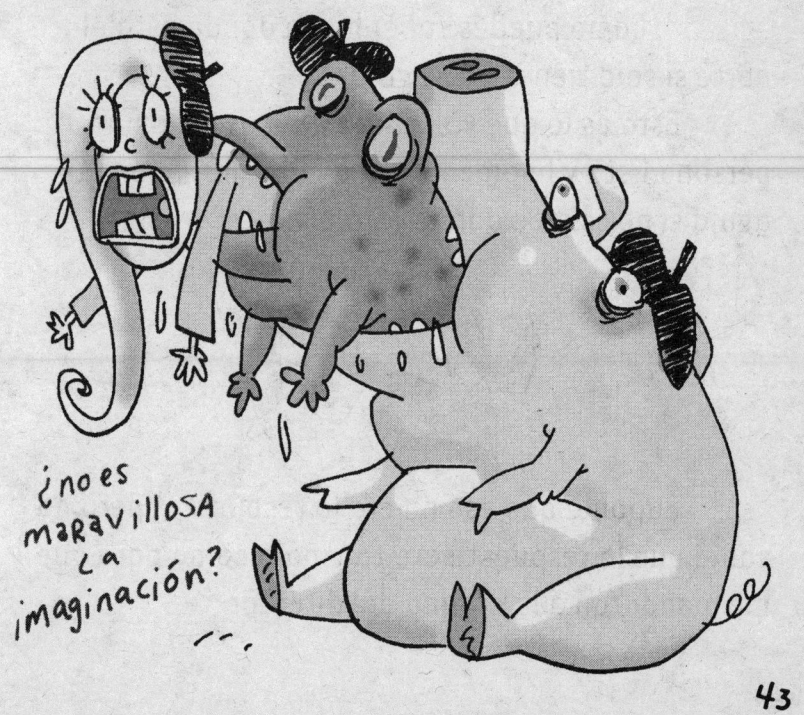

¿no es maravillosa la imaginación?

Lunes 16

Querido Diario Tonto:

La moda del *beret* se terminó. Cuando estaba tirando mi *beret* de *treinta pesos* a la basura, me preguntaba cómo podía haber terminado tan rápido. ¿Te extraña, Diario Tonto? Pues escucha...

Hoy en ciencias, el Sr. Tweeds nos hizo un examen y a todos nos hizo la misma pregunta. Aquí va:
"¿Cómo puedes saber hacia dónde está el norte si solo tienes una aguja?".
Esto es lo que yo contesté: "Buscas a una persona lista y la amenazas con pincharla con la aguja si no te dice dónde está el norte".

Suponía que esa no era la respuesta, pero no sabía que la respuesta era tan mala como para que me mandaran a la oficina del director.

Por cierto, cada vez que oigo la palabra director, no sé muy bien por qué, me recuerda a la palabra dinosaurio. ¿Por qué será, Diario Tonto?

DINOSAURIO   DIRECTOR

Ah, y otro por cierto: descubrí el *Misterio de la moda desaparecida del beret.* Cuando iba camino a la oficina del director, vi que todas las secretarias de la escuela llevaban *berets.*

Muchas gracias, señoritas. A lo mejor la próxima vez consideraré casarme con mi primo Terrence.

Ahora entérate de esto, **Diario Tonto**: mientras estaba en la oficina, el director sacó la carpeta con mi historial permanente para anotar mi última verborrea. (Como sabes, el historial permanente va contigo durante toda tu vida escolar y no lo destruyen hasta que te casas, te mueres o algo así). Pero cuando sacó mi carpeta, me fijé que a un par de carpetas de distancia estaba... **EL HISTORIAL PERMANENTE DE ANGELINA.**

No sentía mucha curiosidad

Inmediatamente supe mi objetivo en la vida: poseer y compartir el horrible contenido de esa carpeta con el mundo y revelar a la humanidad la verdadera identidad de ladrona de olores y novios de la tal Angelina.

Huy. Me emocioné tanto con la última parte que solté el diario y cayó en la cabeza de Stinker, que dormía. Y creo que ahora mismo está maldiciendo en el idioma de los perros.

Martes 17

Querido Diario Tonto:

Hoy intenté pensar en algo para mi redacción sobre la mitología, ya que se acerca la fecha, y probablemente es hora de hacer algún progreso y empezar a preocuparme. Quiero hacer este trabajo, de verdad que sí, pero creo que tengo un caso de CC con el historial permanente de Angelina.

ESPÍRITU MALVADO DE LA CARPETA DE ANGELINA →

Yo, tratando de hacer mi tarea inocentemente

CC, por si no lo sabes, Diario Tonto, quiere decir *comportamiento compulsivo* y es lo que te pasa cuando te obsesionas compulsivamente con algo. Hace que pienses en eso tanto que haces cosas como lavarte las manos cien veces al día, abrir el casillero una y otra vez para comprobar que no te olvidaste de algo para la siguiente clase o decir continuamente, "Tengo que tener el historial permanente de Angelina".

En cualquier caso, como la causa es psicológica, y no por gérmenes, estoy casi segura de que se te puede contagiar al ver un programa de la tele en el que hablen de esto, que es probablemente como yo lo agarré. Obviamente, mamá llamará mañana a la escuela para decir que estoy enferma.

Enfermedades que puedes pescar viendo la tele

PENSAR QUE HAY UN MANIACO ESCONDIDO EN TU ARMARIO

CC

HABLAR CON ACENTO TONTO

SABER QUE HAY UN TRILLÓN DE MARCAS DE ARENA PARA GATOS

PENSAR QUE LA MARCA QUE TIENES EN EL BRAZO ES UNA PLAGA

Ah. Otra cosa: la calva de Angelina ahora casi ni se ve. Ha utilizado algún tipo de tecnología militar secreta para camuflar la calva que hasta ahora ocultaba con su *beret.* También podría haber regenerado el pelo perdido, igual que le crece la cola a una lagartija cuando se la cortas, o igual que vuelve a crecer una babosa cuando alguien le corta un pedazo.

LA EXTRAÑA CABEZA de ANGELINA

ANTES

DESPUÉS

¿SECRETO MILITAR SINIESTRO O EVIDENCIA DE PADRES INFRAHUMANOS? ¡Tú decides!

Miércoles 18

Querido Diario Tonto:

Mamá no llamó a la escuela para decir que yo estaba enferma. Pero no importa, porque me he curado milagrosamente del CC y ya no pienso ni me importa Angelina nunca más. Déjame que lo pruebe. Escribiré abajo los nombres de las personas que no me importan.

George Washington, Ringo Starr, Christina Aguilera, Zeus, Angelina, Dan Rather, Caesar Riley, Angelina, Paul Bunyan, Cleopatra, Nefertiti, Maria Barbo, Angelina, Koko el Gorila Cantarín, el Teletubby amarillo, Angelina, Angelina, Angelina, Angelina ANGELINA

Jueves 19

Querido Diario Tonto:

Bueno, bueno. A lo mejor Angelina me sigue molestando un poco. Pero tenía que tener el historial permanente y la única manera de conseguirlo era haciendo que me enviaran de nuevo a la oficina del director.

Así que hoy, a la hora del almuerzo, la Srta. Bruntford, la encargada de la cafetería con el cuello blando, perdió la cabeza y dijo que nadie podía salir de la cafetería hasta que no termináramos el pastel de carne. Nos miraba fijamente y nosotros la mirábamos a ella, y podrías haber cortado la tensión con un cuchillo, que es algo que no puedes hacer con el pastel de carne.

LA ESCUELA ES UNA BATALLA ETERNA entre LAS fuerzas de LA COMIDA Y LAS fuerzas del MALVADO PODER DEL CUELLO BLANDO

De repente, un pedazo del resbaloso pastel de carne salió volando por los aires y atizó a la Srta. Bruntford en todo su cuello blando.

Empezó a gritar y a preguntar quién lo había hecho. Parecía una oportunidad de oro, así que dije que había sido yo. Un boleto fácil para la oficina del director, ¿no?

Pero fíjate que cuando me estaba sacando de la cafetería como a un criminal, me fijé en las bandejas de todo el mundo. Vi que había pastel de carne en todas las bandejas. Y de pronto, vi una bandeja sin pastel de carne. Miré hacia arriba y ahí estaba Angelina, limpiándose la salsa de la mano con una servilleta.

¡ANGELINA! Ella fue la que lanzó el pastel de carne y yo cargué con su culpa.

LA SALSA DELATORA

Por supuesto, el director me soltó un gran rollo y creo que hasta mencionó Quiensabedonde. Además, me prohibió comer la comida de la cafetería durante dos semanas. (Creo que él piensa que eso es un castigo mucho peor de lo que es).

Y para colmo, por supuesto, no pude conseguir el historial permanente de Angelina. (Y es que... ¿en qué estaba pensando? ¿Es que iba a darle al director una patada de kárate y agarrar la carpeta de la gaveta?) Al final resultó ser una idea muy tonta. Nunca más intentaré hacer algo tan tonto.

Aunque esté justificado que le des una patada en la CABEZA al DiRecToR, sigue sin estar del ToDo BiEN.

Viernes 20

Querido Diario Tonto:

Volví a hacer algo tan tonto. Entre clase y clase, vi al director hablando con la Srta. Anderson, que es otra profesora y por lo tanto, es vieja, pero es lo suficientemente linda como para ser mesera, y todos los profesores hablan con ella durante mucho rato. Corrí hasta la oficina, entré y dije que tenía que hablar con el director. Como no estaba allí, una de las secretarias me dijo que volviera más tarde, pero yo le dije que tenía que tratar un asunto privado con él y pregunté si podía dejarle una nota. Entonces le dije que, al verla con ese *beret*, había pensado por un segundo que era una de las animadoras de la escuela.

Y se lo creyó.

Por supuesto, me dejó entrar y todo lo que tuve que hacer fue acercarme a la gaveta y tomar el historial permanente de Angelina. Ya sé lo que estás pensando, Diario Tonto: estás pensando que soy *la chica más lista del mundo*. Y tienes razón. **Soy** *la chica más lista del mundo*.

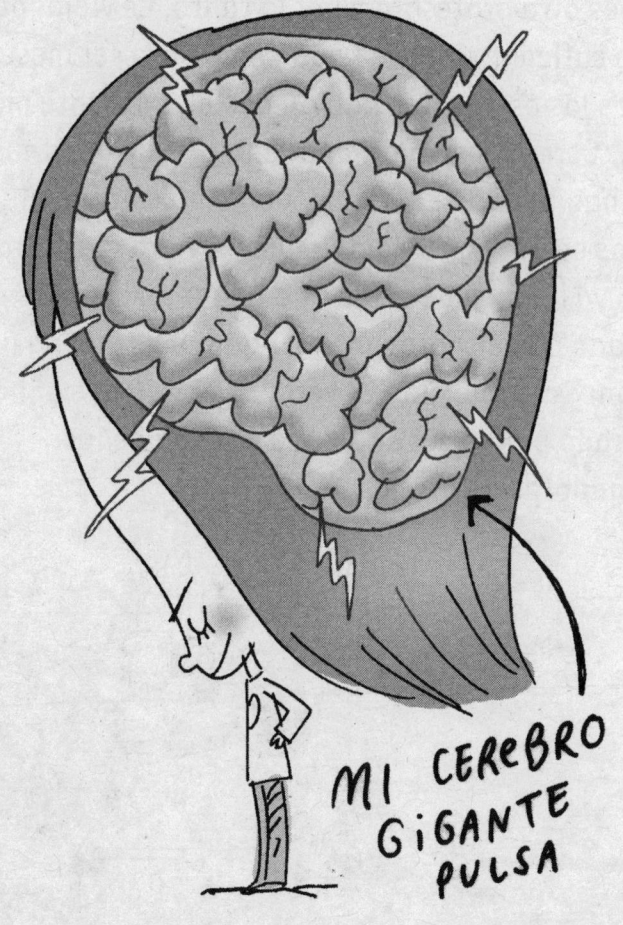

MI CEREBRO GIGANTE PULSA

Y después, *la chica más lista del mundo* olvidó el historial de Angelina en la escuela. Un *viernes*. Y ahora voy a sufrir de CC todo el fin de semana.

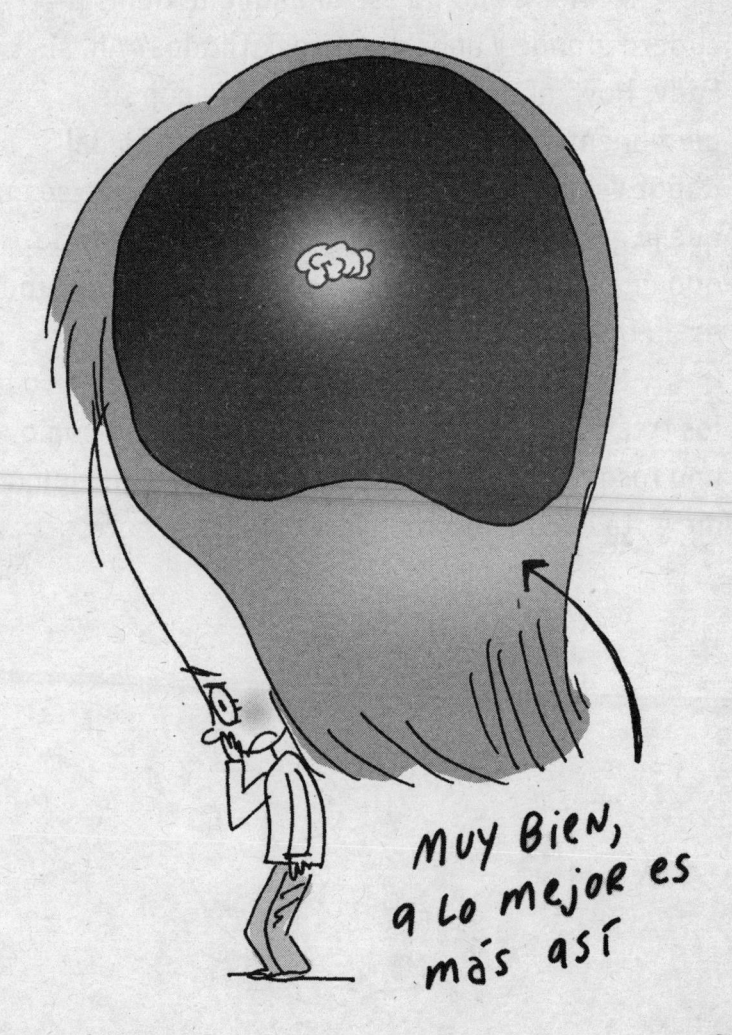

muy bien, a lo mejor es más así

Sábado 21

Querido Diario Tonto:

¿Cómo se llama ese animal que tiene la cabeza grande y unos dientitos afilados? Ah, sí: Eddy. Hoy, mi tía trajo al primo Eddy con su permanente cabeza pegajosa y su mochila del Robot Vengador. Nos dio una lista enorme de cosas que le gustaban y cosas que no, pero sobre todo, dijo que no le podíamos dar nada con fresas porque es alérgico.

Mamá no paraba de limpiarle la cara, pero a los tres minutos volvía a estar pegajoso. Es como una rosquilla que segrega su propia azúcar. Mamá me gritó cuando escribí "lávame" en su cara.

Domingo 22

Querido Diario Tonto:

Angelina usa un champú tan bueno y maravilloso que el mechón de pelo que tengo hace que toda nuestra casa huela mejor. También tiene un efecto muy poderoso en Eddy, que parece tener una pasión muy poco natural por él y una habilidad especial para olerlo en su escondite.

Mi teoría científica es que como Eddy va a ser Chico algún día, ya está instintiva y naturalmente enamorado de Angelina. A mí papá no le hace ningún efecto, eso es porque mi papá dejó de ser Chico cuando conoció a mi mamá.

La fragancia también parece tener efecto en Stinker, que estornuda una y otra vez cuando le paso el pelo por la cara. Me pregunto si le molestará.

ÑAM
GRRR
GRR

DEVOCIÓN
de ZOMBI
POR
EL PELO

Lunes 23

Querido Diario Tonto:

Tengo buenas y malas noticias. La buena noticia es que mamá dice que mi tía viene a recoger a Eddy el jueves, lo que es un alivio porque ya estoy harta de esconder el pelo de Angelina para que no lo vea. Y hay más buenas noticias. Me acordé de traer a casa el historial permanente de Angelina. Pero lo descuidé un segundo, me di la vuelta y cuando fui a buscarlo, ya no estaba. Sé que ha sido Stinker o Eddy, pero no he conseguido que confesaran ni con gritos, ni quitándoles los juguetes o los huesos de perro. Y eso que a Eddy le encantan los huesos.

¿CUÁL es el CULPABLE?

¿El animal de las pulgas o el perro?

Martes 24

Querido Diario Tonto:

Eso de que el historial de Angelina esté en la casa y no lo pueda encontrar me está volviendo loca. He buscado hasta en la caseta de Stinker, lo que quiere decir que tuve que sacar todos los palos y la basura que tenía ahí. Desde entonces, Stinker me ha estado observando durante horas con sus negrísimos ojos de perro, y creo que está planeando algo contra mí.

A lo mejor debería comprar una docena de gatos malvados para tenerlos en la casa por si aparece cualquier perro malo e intenta hacerme algo. (Diario Tonto, acabo de leer la última frase en voz alta para que Stinker la oiga, pero no parece haber tenido ningún efecto. Si por la mañana he desaparecido, espero que la policía busque las huellas digitales o huellas perrunas, o como se llamen esas huellas que dejan los perros al andar. Pista, pista).

GATO GRANDE
Y MALVADO

¿Te enteras, Stinker?

Miércoles 25

Querido Diario Tonto:

Por fuera estoy enojada...

pero por dentro estoy que muerdo.

Por fin terminé mi redacción sobre la mitología, a pesar de las distracciones, de mi primo Eddy que araña la puerta para poder entrar y de la noción frustrante de que podría haber algo tremendamente jugoso y espantoso en el historial de Angelina que me podría ayudar a reducirla a trocitos de mucosidad, pero que sigo sin saber dónde está.

Afortunadamente, mamá me ha dicho que
Eddy no va a quedarse mucho más tiempo, que mi
tía se encontrará mañana con nosotras en la
escuela para recogerlo.

Me preguntó si lo echaré de menos. No eché
de menos la enfermedad pica traseros de Stinker
cuando se fue, así que creo que no me importará
que se vaya Eddy.

¿EL MUNDO DEL PERRO SE MUEVE ALREDEDOR DE SU TRASERO?

Pica un poco

Pica un poco más

Picor histérico
total
rompemesas

Dormido pero
sigue
Picando

Jueves 26

Querido Diario Tonto:

Stinker se comió mi redacción sobre la mitología.

Por lo menos ahora ya sé lo que planeaba. Estaba esperando a que la terminara. Y te voy a decir por qué sé que lo hizo para vengarse: solo se comió las palabras. Dejó los márgenes en el plato como si fuera el borde de la pizza.

Esta mañana me tuve que hacer mi propio almuerzo, porque no puedo comprar la comida de la escuela. Solo quedaba una cucharada de mermelada de fresa para mi sándwich y, para colmo, Stinker debió lamer el pan mientras yo buscaba un jugo en el refrigerador. Supongo que lo hizo para quitarse el sabor a mitología que tenía en la boca, que probablemente es horrible, y por eso no me enojé mucho con él. Mi mamá terminó de preparar mi almuerzo y lo metió en mi mochila.

La mitología debe de saber peor que la comida de mamá

Así que allí estaba yo, Diario Tonto. Mamá me iba a dejar en la escuela y yo sabía que el Sr. Evans me iba a poner una gran *F* de *fatal*. Porque no puedes decir que el perro se comió tu tarea. Tengo que reconocer que el perro lo hizo con mucho tino.

Cuando iba de camino a la escuela, mi mamá se reunió afuera con mi tía. Estaban listas para transferir a Eddy de un auto a otro, cuando este se escapó.

Y lo sé porque yo iba caminando por el Paseo de los condenados hacia la clase del Sr. Evans, cuando un pequeño y sucio salvaje se me adelantó por el pasillo con su pequeña mochila del Robot Vengador, seguido por mi tía que daba gritos. Estaba a punto de atrapar a Eddy cuando me di cuenta de que Hudson pasaba por allí, y en un segundo tuve que decidir entre ayudar a un familiar o dar una buena imagen frente a un chico que probablemente no sabe que estoy viva.

"Hola, Hudson", dije a la vez que Eddy se perdía de vista por la esquina, seguido de mi tía que creo que empezaba a llorar.

Fui hasta la clase del Sr. Evans, sabiendo que sería la primera en caer. El Sr. Evans me llamó y me dijo que me pusiera delante de la clase para dar mi presentación.

Empecé a decir, "Sr. Evans, yo no tengo...", cuando apareció Eddy en el salón de clases. Tenía la cara hinchada y la lengua tan gorda que no se podía entender lo que decía. De repente, me di cuenta de que Stinker no había lamido mi sándwich. Había sido Eddy. Supongo que, efectivamente, es alérgico a las fresas. Eddy estaba tan hinchado que parecía un dibujo de él mismo hecho en un globo.

Antes   Después

Eddy vio mi mochila y yo me di cuenta de que estaba utilizando sus poderes sobrenaturales de localización de pelo contra mí, y los dos nos lanzamos por lo mismo. Pero el pequeño demonio corrió más deprisa y consiguió meter su cabezota redonda en la mochila antes de que pudiera detenerlo. Cuando conseguí sacar su cabeza, tenía el pelo de Angelina pegado a su cara pegajosa como si fuera una barba. Entre la ropa sucia y la cara hinchada, no tenía aspecto de humano.

El hecho de que estaba sujetando a Eddy por el cuello mientras él daba patadas, gruñía y lanzaba zarpazos al aire tampoco ayudaba a dar la impresión de que era humano.

El Sr. Evans se levantó, se puso colorado, se le empezó a hinchar la vena de la frente y dijo: "¿Conoces a este... niño, Jamie?". Fue entonces cuando me di cuenta de que cualquier cosa que dijera haría que me reprobaran, y además me pondrían un apodo y toda la escuela me conocería como la *Chica del Primo Loco* o algo peor. Mike Pinsetti ya estaba escribiendo algunas ideas en un trozo de papel. Se notaba que ya tenía varias. Pensé en lanzar a Eddy por la ventana del segundo piso.

Entonces, sucedió. Eddy sacó mi bolsa de la comida de la mochila y ¿qué sale rodando y se detiene justo delante de mí? Un **DURAZNO**. Mamá me había puesto un *durazno*.

Angelina se levantó. Este era el final. Era su gran oportunidad. Había esperado el momento adecuado y, evidentemente, este lo **ERA**.

Angelina se fue a la parte delantera de la clase y se puso a mi lado. Sonrió con su sonrisa perfecta y dijo: "Sr. Evans, Jamie y yo hicimos el trabajo juntas. Escribimos sobre trols. Y esto —señaló a Eddy—, es nuestra ayuda visual".

No me llamó Niña Durazno. No hizo nada malo. Angelina **ME ESTABA AYUDANDO**. La voz de Angelina parecía surtir el mismo efecto que un masaje en el Sr. Evans y en toda la clase. Y es que es la voz humana más maravillosa que se ha escuchado jamás, pero ¿y qué?

La gente se derretía en un charco de amor por ANGELINA

Mi vida estaba en peligro. Así que le seguí la corriente. Las dos empezamos a inventarnos la historia a medida que hablabamos, y cada vez que Eddy gruñía o tiraba zarpazos, toda la clase se reía, y creo que hasta a Eddy le empezó a gustar. Enseguida me di cuenta de que era el mejor trabajo que había hecho y que en realidad me estaba gustando hacerlo. Justo cuando terminamos, apareció mi tía y se llevó a Eddy, y nos pusieron un 10 en la redacción y hasta nos aplaudieron. (Isabella tenía que hacer todo lo posible por no sonreír. Tenía los labios tan secos que una pequeña sonrisa los partiría en dos, como salchichas quemadas).

Cuando me volví a sentar en mi escritorio, me pregunté a mí misma: **¿Por qué me habrá ayudado Angelina?** ¿Será porque me autoculpé de lo del pastel de carne? ¿Se supone que ahora somos amigas? Me puse enferma solo de pensarlo. De hecho, me veía **TAN** enferma que el Sr. Evans me dijo que tomara mis cosas y fuera a ver a la enfermera.

Cuando recogí mi bolsa, vi la mochila de Eddy del Robot Vengador en el piso, y al asomarme un poquito, vi el historial permanente de Angelina. Lo agarré rápidamente y me fui a la enfermería.

El aspecto que quería dar

El aspecto que debí dar

La enfermera hizo lo de siempre. No importa que tengas un ataque al corazón, que te haya comido un oso la pierna o que tengas un hacha clavada en la cara, siempre es lo mismo: **túmbate en la camilla y descansa.**

ENFERMEDADES QUE LA ENFERMERA INTENTA CURAR CON LA CAMILLA

DOLOR DE CABEZA

SER INGERIDA POR UNA PITÓN

ACCIDENTE CON UN MAPACHE

CUANDO SOLO QUEDA el ESQUELETO

Mientras estaba allí tumbada, miré la portada de la carpeta con el historial permanente de Angelina. Antes de abrirla, me divertí imaginando lo que habría dentro: a lo mejor chantajes, raptos, arreglos de resultados de partidos de fútbol mediante ataques de pestañeos a los jugadores.

O a lo mejor la habían acusado de pasarse toda la vida como alguien a quien la gente no puede dejar de querer aunque en el fondo la odien.

Todo lo que tenía que hacer era abrirlo y leerlo, y compartir su terrible contenido con el Mundo.

Querido Diario Tonto:

Hoy a la hora del almuerzo, Angelina se sentó delante de Isabella y de mí. Yo estaba comiendo un sándwich de jamón y queso que había hecho para el almuerzo, pero no quedaba queso y, como me sentía culpable por la forma como había tratado a Stinker, le había dado el último pedazo de jamón como premio. Supongo que mi sándwich era de mostaza, si es que me acordé de poner mostaza.

¿A Quién no le gusta un delicioso sándwich de nada?

(Por cierto, Stinker y yo volvimos a ser amigos. Supongo que al comerse mi tarea quedamos a la par por lo de las dos últimas semanas. Y ahora que lo pienso, creo que ERA justo).

En fin, volviendo a Angelina (¿te acuerdas de Angelina?). Increíblemente, entre bocado y bocado, fui capaz de decirle esto: "Gracias por salvarme la vida ayer con la redacción". En realidad no intenté ser amable. Mis padres me han lavado el cerebro con eso de que a veces hay que ser educado aunque no quieras.

Entonces ella me sonrió. Y no era una de esas sonrisas de "mira qué maravillosos son mis dientes y mis encías". Era una sonrisa normal. Y dijo: "A lo mejor algún día podemos hacer algo. Ir a ver una película o algo así. A lo mejor puedes enseñarme a hacer eso con tu pelo —dijo señalando mi cabeza—. Nunca consigo que mi pelo quede bien".

CONFUSAMENTE NO MALVADA

Y lo siguiente que recuerdo, Diario Tonto, es que la Srta. Bruntford, la encargada de la cafetería, me está sujetando en la posición Heimlich para intentar que no me ahogue y que escupa el trozo de pan que se me había atragantado cuando Angelina habló bien de mi pelo. Después de un par de apretones salió, y vi a Mike Pinsetti allí, sonriendo. Era evidente que se le había ocurrido un apodo genial para mí y que estaba a punto de revelarlo, y todo el mundo esperaba oírlo, pero Angelina le apretó el cuello y dijo: "Ni se te ocurra, PIS-ETTI".

SUIS

ATRAGANTARTE PUEDE MATARTE.

LA HUMILLACIÓN CASI TE HACE DESEAR QUE TE HUBIERA MATADO.

OINK

PLAS

PIS-ETTI. Era una obra de arte de apodo. Era insultante y todos en la cafetería estaban allí, oyéndolo por primera vez. Aunque en el fondo estaba destrozado, en la cara de Mike se podía apreciar una nota de respeto.

Angelina, de quien nadie sospechaba que tuviera ni un poquito de crueldad en su cuerpo, demostró lo maléfica que Isabella y yo sabíamos que era.

LA VERDAD

En realidad espero que la gente no me ADORE DEMASIADO POR REVELAR LA VERDAD

Claro, ella solo había sido cruel con Pis-etti (fíjate que ya se me ha olvidado su verdadero nombre), y claro, ella volvió a salvarme el pescuezo cuando no dejó que dijera mi apodo, pero oye, por lo menos todo el mundo sabe por fin que no es una perfecta angelita.

Ya sé lo que estás pensando, Diario Tonto: utiliza el viejo truco de un golpe detrás de otro. Tengo su historial permanente para enseñárselo al mundo. Puedo deshacerme de ella de una vez por todas.

Solo que ya no lo tengo. Ayer decidí no leer el historial permanente de Angelina. Me escapé de la enfermería, me metí en la oficina del director y lo volví a meter en la gaveta.

Además pensé: al fin y al cabo, se trata de Angelina... ¿qué tan malo podría ser?

Los labios de Isabella se curaron un par de horas después del almuerzo. Fue como un milagro. Pasaron de parecer dos trozos de carne reseca a ser un par de jugosas papayas.

Sería el pastel de carne. Esa carne misteriosa seguro que tiene un increíble poder curativo en los labios de Isabella. Y ahora es su nuevo sabor de pintalabios. Ya lo sé. Es horroroso. Pero huele mejor que el ChocoMint.

Pero eso solo fue la segunda cosa más rara que sucedió hoy en el Universo.

Más tarde, después de la escuela, Angelina vino hacia mí.

"Se me olvidó darte las gracias", dijo.

"¿Por qué?", pregunté.

"Por cargar con la culpa de mi lanzamiento de pastel de carne".

Y entonces, cuando dijo eso, SUCEDIÓ. Sentí que todo el Universo gritaba y gemía y se movía ligeramente, y lo siguiente que sé es que los horribles poderes de Angelina estaban empezando a hacer efecto en mí. Sentí como si ANGELINA ME FUERA A CAER BIEN EN CONTRA DE MI PROPIA VOLUNTAD.

Le dije a Angelina que no era nada. Que yo siempre había querido hacer eso.

"No, no. Claro que fue algo —dijo—. No tienes ni idea del lío en el que me hubiera metido. Si vieras mi historial permanente lo entenderías. Un incidente más y me expulsan de aquí, y tendrías a Hudson para ti sola, y **NO** pienso permitir que pase eso". Entonces sonrió y se fue.

Me quedé ahí un rato, Diario Tonto, como si fuera un perro de ojos negros que acaba de ver que alguien bota sus palos y sus desperdicios preciados porque lo han confundido con otro perro. No podía moverme y luchaba contra esos sentimientos de amor y odio que galopaban juntos como los **Crímenes Alimenticios** de mamá.

A lo mejor la gente es como el pastel de carne: una buena medicina, pero también un veneno mortal.

Cuando Mike Pinsetti pasó a mi lado sin mirarme a la cara, pensé que podría encontrar la sabiduría que tuvo Stinker para impartir justicia y comerme la tarea de Angelina algún día y quedar en paz.

En fin, creo que SIGUE SIENDO MEJOR QUE la comida QUE COCINA MAMÁ.

Gracias por escuchar, Diario Tonto,

Jamie Kelly

Acerca de Jim Benton

Jim Benton no es una chica de la escuela secundaria, pero no lo culpes por ello. Al menos, ha logrado ganarse la vida siendo divertido.

Es el creador de muchos productos con licencia, algunos para chicos grandes, otros para niños pequeños y otros para algunos adultos que, francamente, se comportan como niños pequeños.

A lo mejor ya conoces sus creaciones, como It's Happy Bunny™ o Just Jimmy™, y estás a punto de conocer el *Querido Diario Tonto*.

Jim ha creado series de televisión para niños, ha diseñado ropa y ha escrito libros.

Vive en Michigan con su esposa y sus hijos espectaculares. En la casa no tienen perro y, mucho menos, uno vengativo. Esta es su primera serie para Scholastic.

Jamie Kelly no sabe que Jim Benton, tú o cualquier otra persona han leído su diario.

No te pierdas el siguiente diario de Jamie Kelly

#2 MiS PANTALONES ESTÁN EMBRUJADOS